춥게 걸었다

시와소금 시인선 173
춥게 걸었다
ⓒ정종숙, 2024. printed in Seoul, Korea

초판 1쇄 인쇄 2024년 10월 20일
초판 1쇄 발행 2024년 10월 25일
지은이 정종숙
펴낸이 임세한
펴낸곳 시와소금
디자인 유재미 정지은

출판등록 2014년 1월 28일 제424호
발행처 강원 춘천시 충혼길20번길 4, 1층 (우-24436)
편집·인쇄 주식회사 정문프린팅
전화 (033)251-1195 / 휴대폰 010-5211-1195
전자주소 sisogum@hanmail.net
ISBN 979-11-6325-084-5 03810

값 12,000원

* 이 책의 내용의 전부 또는 일부를 재사용하려면 반드시 저작권자와
  시와소금 양측의 동의를 받아야 합니다.
* 잘못된 책은 교환해 드립니다.

시와소금 시인선 · 173

춥게 걸었다

정종숙 시집

시와소금

| 시인의 말 |

사랑하게 되는 일
정성을 다하는 일
의자를 내어놓는 일
기다리는 일
시가 내게 준 것들

부르지 않아도 오는 것들
햇볕, 인연들

봄을 주신 분들께 바칩니다

2024년 가을, 정종숙

| 차례 |

| 시인의 말 |

제1부 너를 위한 벽돌을 구워야겠다

낙원교회 ──── 13

기억의 방식 ──── 14

풍수원 성당 ──── 16

산호초 줍는 저녁 ──── 18

포옹 ──── 20

블루베리 ──── 22

사랑하게 되는 일 ──── 24

표지의 입술 ──── 26

러시아 학생 ──── 28

춥게 걸었다 ──── 30

푸른 계단 ──── 32

정전 ──── 34

제2부 사소한 바람이 발효의 시간을 견디게 한다

버리고 간 꽃이 죽지도 않았다 ——— 37

소나기 ——— 38

공항 ——— 40

스웨터 읽는 시간 ——— 42

백년, 거리에는 ——— 44

나의 나무 ——— 46

얼룩말 ——— 48

복도에게 ——— 50

바게트 ——— 52

고래의 노래 ——— 54

고무나무가 있던 골목 ——— 56

2년생 ——— 58

제3부 어떤 사물은 슬픔의 어깨에 기대 흐느낀다

산길 ——— 61

명동성당 ——— 62

전시회 ——— 64

진주 ——— 66

창신동 ——— 68

졸업 ——— 70

버찌 ——— 72

인천시립승화원 ——— 74

무균주 ——— 75

사물의 용도 ——— 76

투구게 ——— 78

아픈 눈이 감겼다 ——— 79

밖 ——— 80

뛰어간다 ——— 82

제4부 떨어져도 아프지 않겠습니다

변산 —— 87

춘천 —— 88

새의 언덕 —— 90

지동 —— 92

여름이 —— 93

너의 나무 —— 94

곡자 —— 96

겨울 꽃잎 —— 98

종이에게 미안하다 —— 99

무엇을 쓸 것인가 —— 100

시인이 되는 것보다 —— 101

경계 —— 102

연서 —— 104

멀다 —— 106

뒤늦게 —— 108

페이지 —— 109

작품해설 | 최지온

정겨운 소란 —— 113

제 **1** 부

너를 위한 벽돌을
구워야겠다

낙원교회

    창문에 매달린 꽃바구니에 눈부신 빛이 쏟아졌다 낙원 교회, 이름이 그럴듯하지? 응, 천국이란 친구가 생각나네 아빠가 목사였지 나들이 나온 우리는 낙원을 찾아 숲으로 들어갔다 갈참나무 숲을 지나 약수터 돌에 앉았다 새벽에 약숫물 떠다 문 앞에 놓고 가셨던 엄마는 낙원에 잘 계실까 엄마 무릎에 흘렸던 물이 약숫물 때문인 것만 같아 미워했는데, 엄마가 떠다준 물로 밥을 짓고 컵에 물을 따라 마시며 피부 속에 저장한 물의 기억이 엄마의 세포가 죽었을 때 기포처럼 깨어났다 페트병 찌그러지는 소리가 혈관을 타고 흘렀다 세월 지나 희석되었는지 오늘은 물이 달다 잘 지내시나요? 우린 약숫물 없어도 잘 지냅니다 바람 불어도 잘 지냅니다 쑥이 많이 났어요 쑥 뜯으러가요 비행기가 지나가고 매미가 울기 시작했다

기억의 방식

그날도 햇볕이란 햇볕이 다 모였다

조화 파는 집에서
흰 꽃 파란 꽃 한 다발 묶어

따뜻한 묘지 위에는 생화 놓고
유리상자 사진 옆에는 조화를 놓았다

공원묘지에 돗자리 깔고
도시락 먹으며 안부를 묻는

뜨겁게 살다 간 사람을 기억하는 오랜 방식

이날이라도 와야
지은 죄의 면죄부를 받을 수 있는 것처럼 모였다

세상이 나아지지 않았다는 똑같은 말을
수십 년 되풀이하면서

살아가고 있었다

담배 한 개비 놓아주고
멀리 산자락 바라보는 수줍은 방식

어느 순간부터 떠난 사람 이야기는 하지 않고
산 사람 이야기만 하면서
지워지지 않는 화인을 깊숙이 숨겼다

묘지의 풀 한 줌 뽑고 내려오면
우릴 기다리는 잔디 너른 미술관
풀지 못한 마음이 잔디 위로 굴러가고

우리는 미술관 옆 카페에서 열상을 식히면서
일 년 동안의 안녕을 주고받았다

아무렇지도 않은 듯이

풍수원 성당

스테인드글라스에 비치는 햇살이
길게 드리워진 성당 의자에 오래 앉아 있었다

의지할 수 있는 건 갈탄 난로 위 도시락인 것처럼
필사적으로 밥을 먹었고
벚나무 아래를 같이 걷던 친구들은 가끔
교실 창밖으로 종이비행기를 날렸다

막막함을 견디면서
세상과 사람에게 무엇을 바라지 않기로 했다
오래전 일이다

언덕에 올라
첨탑을 바라보며 은빛 종소리를 들었다

백 년 전 쫓겨 온 신도들이 구운 벽돌에는
믿음이 굳어 있다

스테인드글라스에 스미는 빛을 떼어먹으며

신은 믿지 못했지만
사람은 믿기로 했다

믿지 못하면 속기라도 해야겠다

너를 위한 벽돌을 구워야겠다

산호초 줍는 저녁

죽도는 해질 무렵이었는데
미역 줄기가 실신해 있었어
바다에 꽂힌 막대기가 아파보였고

돌에 앉아 한없이 붉어질 때
바닷물이 왔다 갔어

멀리 갔다 돌아오는 흐름

선명한 게 좋았는데
이제는 불투명한 것도 좋아

우리 갈래가 조가비만큼 많다는 걸 알고
촛불을 꼭 같이 끄지는 않아

사방이 어두워져도 서서히 보이지
그 속에 너도 있고 미루나무도 있고

곁에 없다는 것

피어야 할 꽃이 피지 않는 것
바라보는 노을 끝에 그 사람이 걸려있는 것

눈앞에 보이지 않는 산호초를 줍는 저녁
흐름 따라
우리는 멀리 가고 있더라

포옹

쉼표로 말하는 잔과
마침표로 말하는 잔이 부딪쳐
테이블보가 조금 젖었다

쓸모없는 인간관계론을 집어던지고
월부로 시 전집을 샀던 풀밭으로부터
멀리 아주 멀리 와서
스무 살 때 쉬운 일이 어려워졌다

너에게로 갔던 수많은 밤도
빗방울에 부서지고
우산 밖으로 뛰쳐나간 널 미워하고
몰래 문을 열고 그리워했던 우리는

부드러운 먹태를 마요네즈에 찍어먹으며
방정식을 만족시키는 x값을 구하고
손금 많은 손으로

스웨터에 달라붙은 보풀을 떼어주었다

아픈 말을 숨기고
가방에 넣어준 시집 속에
남겨둔 말을 접어둔 우리는

늦은 가을빛을 두르고
한강을 건너가고 있었다

블루베리

자기편이 되어달라고 합니다
나는 왼편도 있고
오른편도 있고
떠날 수 있는 차편도 있는데

모든 날이 모든 날이 되지 못하고
모든 사랑이 모든 사랑이 되지 못하고

사랑하려는 사람은 없고
사랑받지 못했다고 아우성일 때

유채색 옷 입고 바람 따라나서는 것도 좋습니다
한 움큼 블루베리 먹는 것도 좋습니다

입안이 보라색으로 물들고서야 알게 되지요
의자를 치워서 쓸쓸한 거라고

도마뱀 보고 신났다는 전갈과

고래를 못 봐서 슬퍼하고 있다는 전갈과

또 다른 전갈을

무채색으로 읽어 봐요

물들기까지

사랑하게 되는 일

동쪽으로 십 킬로쯤 달려와
살게 된 동네를 사랑하게 되었다

당신을 사랑하게 되듯이 그렇게

목화솜 같은 눈송이가
나뭇가지에 쌓이는 걸 보면서 이삿짐을 풀었다
막막한 걸음도
받아주는 사람이 있고 녹여주는 곳이 있어
세상은 얼어죽지 않았다

넓은 인도에는 띄엄띄엄 벚나무가 있고
가게 앞에는 옷을 입은 강아지가 있다
턱을 괴고 있는 여인의 조각상이 있는
빨간 벽돌집 마당을
담장 너머로 훔쳐보는 기쁨이 있고
고흐의 그림 밤의 카페테라스처럼
여름밤 치킨집 앞에는

삼삼오오 맥주 마시며 떠드는 사람들
정겨운 소란을 보는 즐거움이 있다

은행나무 아래 둥지 튼
공중전화 박스에 풀풀 눈이 들이치면
괜히 전화 걸고 싶은 그리움이 있다
오래된 집에 푸른 물을 들여 꽃집 차린 아가씨가
화분에 물주는 뒷모습과
팝송 틀고 자전거 고치는 아저씨 뒷모습은
뒷모습의 반경을 생각하게 한다
별것도 아닌 사람들이 별빛을 내고
창가 불빛이 지붕을 기댄 집들을 위로한다

동쪽으로 걸어가면 나무숲과 기찻길이 볕을 모으는
이 동네를 어슬렁거리면
살짝 기운 지구와 오래 살고 싶어진다

당신을 사랑하게 되듯이 그렇게

표지의 입술

초록 나무문 앞에
한 사람이 서 있다

갈고리 같은 주물손잡이는 녹이 슬었다
초록의 구상을 펼쳤다

짐작해보았지만
알 수 있는 건
마지막 페이지를 덮을 때였다

첩첩 산에 구름이 수만 점으로 흩어져 퍼질 때
새가 날아올랐다
그 순간 점묘화 같은 사진을 찍은 그는
자작나무 숲에 있다

배경은 희미하고
마주보기까지

떨림에는 새벽이 있다

농도를 알기까지
부르튼 발에는 계곡의 그늘이 있다

트랜드를 비껴간 숲에도
자작나무가 무성하다

너를 여는 선택을 후회하지 않는다
초록 문을 다시 펼친다

러시아 학생

유리문 열고
메타세쿼이아 같은 사람이 들어왔다

러시아 유학생이라며
수줍은 눈망울을 마룻바닥에 떨어뜨렸다

그가 가방에서 꺼낸 것은
공책만 한 도화지에 그린 그림

눈 쌓인 침엽수림 위로
처연하게 스며든 보랏빛 하늘

침엽수의 떨리는 목젖과
일몰의 쓸쓸한 안부

러시아 학생 손에 지폐를 쥐어주고
그림을 벽에 걸었다

예고도 없이
나무들이 열을 맞춰 행진하면

발끝에 눈이 소복하고

나는 떨어진 가늘고 뾰족한 잎을 주워
얼어붙은 가슴에 깊이 꽂았다

춥게 걸었다

숱한 표정이 묻어 있는
뒷모습을 숨기고 싶어서
소심하게 걸었다

육교만 남고

고무줄과 단추를 파는 노인의 얼굴을
지나칠 때마다
춥게 걸었다

뒷모습을 들키지 않은 채
수많은 육교를 건넜다

사유상 뒷모습에서
흘러내리는 숨을 들이마셨던 날

춥게 걸었던 날이 깨어나

바람 부는 언덕에 서서
먼 데를 바라보았다

뒷모습이 끌고 가는 길고 긴 곡선의 길에

당신이 풀 수 없는 망망한 것들의 목록

먼 데는 멀어지고 있었다

푸른 계단

새로 지은 집은 콘크리트 냄새가 났다

담벼락에 주춧돌 놓은 사람 이름이 박혀 있고
지하로 내려가는 계단은 하늘을 안고 있다

구두 발자국 소리 나는 콘크리트 계단

너라는 집을 지어 본 사람은
올라가지도 내려가지도 못하고

오래 서성였던 시간을 기억하는 계단을
잃어버린 사람처럼 마주한다

그때 무엇 때문에 멈칫했는지
계단은 끝내 말하지 않는다

발소리만으로 대화는 이어지고

끊어지기도 한다

멀리 오는 너를 보기 위해서
유리벽으로 지은 집

갚아야 할 무엇이 남아 있어서
힘내서 계단을 오르면

모르는 새가 날아가고 있었다

정전

 깜빡 불이 나갔다 불이 났나 사람들이 황급히 뛰쳐나온다 이 아파트에 7년 살았는데 다 처음 보는 사람이다 우리는 모르는 사람이다 모른 척하는 사람이다 모른 척하는 게 편한 사람이다 화단에 핀 산수유 꽃과 인사하는 게 편한 사람이다 사람들이 여기저기 전화한다 엘리베이터에서 강아지 소리가 나는 것 같다고 두드려본다 119 소방대원이 와서 여기저기 살펴본다 엘리베이터가 멈추니까 노인들이 집에 못 간다 휠체어 타고 나온 노부부도 집에 못 간다 우리 집은 1층이라 노부부를 모시고 왔다 촛불을 켰다 할아버지는 소파에서 어두워지고 할머니는 할아버지 뇌졸중이 한쪽 뇌가 정전된 거라고 했다 촛농이 흘러내리고 촛불이 흔들렸다

제 **2** 부

사소한 바람이
발효의 시간을 견디게 한다

버리고 간 꽃이 죽지도 않았다

 새색시 같던 뾰족지붕 집이 셋집 들인 빨간 벽돌집으로 변해 갔고 빨간 벽돌집도 늙어 대문 앞에 쌓인 전단지를 치우지 못했다 골목엔 갈빗살 드러낸 우산이 울고 밤에는 고양이가 쓰레기 봉지를 뒤졌다 세 살던 사람들도 빌라와 아파트로 새 가구를 사가지고 떠나고 연변 동포들이 들어왔다 식당 일하는 여자는 밤의 덧문을 열고 소리 없이 들어와 또깍 불을 켰다 간병 일하는 여자는 주말에 와 밀린 빨래를 했고 집 짓는 남자는 남쪽 지방에서 보름 만에 돌아왔다 반지하 단칸방에서 세간살이처럼 늘여왔던 꿈 곰팡이 꽃으로 피어도 물길 찾아 방바닥 꿰맨 인부에게 무른 복숭아를 내놓았다 그녀들은 한집 사람인 거마냥 열쇠를 맡기고 통장을 맡겼다 그녀들끼리 모여 한 옥타브 높은 억양으로 떠드는 집에서는 복사꽃이 피었다 버리고 간 꽃이 죽지도 않았다

소나기

꽃도 종탑도 없는 성당
긴 의자에 세 사람이 남았다

냉담한 사람을 탓하지 않는
기다란 십자가 아래

합창 중에 독창을 하던 사람도
그늘처럼 갔다

내가 준비했던 초는 켤 때를 놓쳤지만
신기하게도 꺼지지 않아서

끊어진 줄 알았던 끈이
이어지는

그런 날이 올 때가 있었다

나의 기도는
참으로 이기적이었지만
작열하는 태양을 비껴갔다

입김 없는 창가의 기도는
얼어붙은 문을 열게 하였고

기도는 민낯이어서
돌아가도 멀지 않았다

호박마차 타고 급히
돌아가지 않아도 되는 여름

지난 계절이
다음 계절을 데려왔다

공항

품에 안고 온 메추리가 사라진 오후
비행기가 날아가고 있었다

내가 작았을 때
비행기는 높았고 깨진 무릎에선 피가 났다

비행기는 삼십 분 연착되었다
얼어죽어도 아이스 아메리카노
화산 불씨를 숨겨둔 것처럼
차가운 커피 들고 공항 로비를 서성거렸다

화산섬으로 가는 딸들을 배웅하고
늙어가는 둘만 남아

달리는 말에서 떨어진 적 있는 우리는
형이상학적인 구름의 볼에 키스하던 기억을 꺼내 웃었다

철원 평야에선 재두루미떼가 날아가고

재두루미는 살기 위해 떠나고
아이들은 날기 위해 떠나고

떠나지 않고 사는 법을 터득한 둘이서
늦은 밥을 먹었다
메추리알 물끄러미 바라보면서

사라진 것의 깃털과 높았던 것의 날개는 만났을까

내게 오지 않음으로 그것이 그린 포물선 안에서
꿈꿀 수 있었노라고

아이스커피 타면서
얼어죽어도 웰 컴

스웨터 읽는 시간

서랍 열면 나프탈렌 냄새

좁약 싼 신문지 쪽지처럼 펼쳐보면
녹여먹은 사탕처럼 콩알만해져 있고

스웨터 꺼내
코에 대보는 시간은 눈처럼 따뜻했다

자신을 숨기기 위해 섬유 속으로 들어가
소라게처럼 움직인다는 옷좀 나방
얼마나 작으면 좀스럽다는 말까지 나왔을까

늘 좀스러운 사람 되지 말라고 하셨던 아버지
남에게 통 크게 퍼주다가
주머니 돈이 돌아오지 못했다

떼돈 번다고 실내낚시터 만들어
우리 집은 바다가 되었지

돛단배로 자식들 구조한 엄마 눈물은 짰고
물려 입히는 옷에 좀 슬까봐
좀약 넣어두는 손은 나무껍질처럼 텄었지

행방을 알 수 없는 물고기와 옷좀 나방
그 겨울의 스웨터

옷장 속 물 먹는 하마에 물이 차오르고
이제는 신문지에 좀약을 싸지 않지만

여전히 서랍을 열고

좀먹듯이 서서히 잠식해갈 것이
스웨터같이 따뜻한 것이었으면 하고

눈꺼풀 덮고 생각해보는 밤에는
밤새 눈이 퍼붓는 것이었다

백년, 거리에는

적산 가옥이 있고
백 년 된 돌 건물이 있다

빨간 벽돌집은 근대문학관인데
현대시가 새겨져 있다
유리에 새겨진 청혼이란 글자가 빛에 일렁인다

작가의 얼굴을 스탬프로 찍었다
둥근 얼굴인 작가는 없었다

둥근 세상도
둥근 사람도 본 적이 없는 것 같다

운수 좋은 날은 슬펐는데,
근대 옷 입고 인력거 탄 사람들은 청혼받은 것 같다

역설도 아이러니도 없고

사실이 사실로 끝나는 싱거운 날이면 좋겠다

감자 먹으며 땅속줄기를 생각하지 않고
감자 칼로리를 생각하는 가벼운 날이면 좋겠다

나무로 지은 집에
가문비나무로 만든 악기 하나쯤 있으면 좋겠다

태극기를 든 사람들이 지나간다
백년 후에 지금은 어떻게 재현될까

이 거리에는
아파트를 좋아하고 커피를 좋아하는 사람들이 온다

너머에는 시인이 몇 살고
쓰지 않은 이야기가 남아 있다

나의 나무

낡은 아파트 허물면서
나무 한 그루 남겨두었다

그 나무가 운이 좋아서
살아남았다고 생각하지 않는다

그 나무에서 사랑을 한 새들이
나무를 붙잡은 거라고 생각해 본다

구름이 연을 끊을 수 있고
좋은 운은 표정이 없다

그 나무 아래서
야쿠르트 팔던 아주머니 얼굴빛이
연두였으면

닭장에서 달걀 꺼내오듯이
현관문에 걸린 주머니에서

야쿠르트 꺼내며 아침을 열고
뻔한 한낮의 복판에 뛰어들 때
새의 깃털 쓰다듬던 나무가
초록 입김으로 묻곤 했다

돌아오기 위해
당신은 지금 뛰고 있나요?

뛰다 보니 돌아옵니다

행운을 빕니다
오늘 슬픈 일이 생긴다 해도

행운을 빌어주는 마음이
잎에 수분을 모으고

나무를 지나칠 때마다
시름이 떨어졌다

얼룩말

들지 못한다면 상상력이 커지겠지
귀가 아픈 와중에 희망적인 생각을 한다

항생제 주사 맞고
귀에 열기구 대고 나니

듣지 못한 말, 들리지 않은 말, 듣지 않은 말,
듣기 싫은 말, 듣고 싶은 것만 들은 말이
달팽이관에서 다 빠져나갔다

어제는 없던 산수유 꽃이 노랗게 피어
안녕 하고 인사했다

봄에는 어떻게 살까
꽃무늬 원피스 입고 섬에라도 가야 하나

아버지 자전거는 바람이 빠져서

자주 샛길로 샜는데

나도 바람 빠져서 어디든 가봐야 하나

손바닥에 왕(王) 자(字) 쓴 사람이 나와서
전쟁도 우습게 말하는데

듣지 못한다면 어떤 상상이 피어날까

동물원 뛰쳐나온 얼룩말을 이해하고
얼룩말과 마주친 철가방을 이해하고

나도 얼룩말이 되어
말의 장벽을 뛰어넘어봐야 하나

복도에게

가야 할 곳만 생각하느라
지나던 복도를 잊어버렸다

햇살을 빼앗긴 채
귀만 열고 있던 복도를

생기 잃어가는 살갗만큼
황량해진 세계를 닮아가는 복도는

먼지가 엉겨 붙은 채로 낡아가고

늦은 재회는
포옹도 없이 어색하다

복도를 돌려준다 해도
나는 그때의 내가 아니어서

어두워진 복도에
불을 켤 수 없을 것이다

발소리를 기억하는 복도에게
허술한 발걸음을 들킨 사람은

지나고 보면 허망했던
복도를 아프게 했던
목적을 사과해야겠다

복도는 지금도 귀를 열고 있으므로

바게트

프랑스 혁명 이야기보다
도끼로 잘라 먹던 빵 이야기가 더 흥미로웠다

딱딱한 바게트에는
축축한 눈물이 있었고

말랑말랑한 빵을 먹는 지금
네가 마시는 커피가 궁금했다

사소한 것이
너와 나를 달라붙게 한다

오래 두고 먹는 빵은 말랑하지 않아
수분이 빠져나간 사이는
건조함마저 익숙해지고

카스텔라 같은 얼굴로 모카빵을 잘 만든 빵집 부부는

빵 좋아해서 결혼했다가
빵집하면서 매일 바스러졌다

빵이 진열되었던 유리창은 가려져
가끔 보이던 부부는 볼 수 없었다

살살 녹는 버터 없어도
부풀어 오를 수 있다면
갓 구운 빵 아니어도
마주 앉아 먹을 수 있다면

사소한 바람이 발효의 시간을 견디게 한다

고래의 노래

고래의 노래를 듣는다
은빛 물줄기가 옷자락을 적신다

대용량 밥통 같은 앰프 하나,
기타 하나 들고
길바닥에 앉은 벙거지 모자 앞에서
푸른 바닷물에 젖는다

노래는 낭만인가 밥인가 구름인가

예전에 떠돌이 가수가 왔었다
늙은 여가수 트로트가 불꽃처럼 튀고
노인들 팔도 농산물 사들고 뜨거워지는데
경찰이 마이크를 꺼버렸다

보따리는 쓸쓸했고
구경 나온 사람들 정처 없이 흩어지던 그날,
바람의 등짝 후려치지도 못하고

눈에 모래만 박혀 왔더랬지

신촌역 3번 출구,
연인들 손깍지 사이로 흘러가는 고래의 노래

음표에 숨어 있는 바람과
깔고 앉은 박스의 냉기와
앰프의 무게를 모르지만

밥과 낭만과 구름과 바람의 상관관계를
연구해본다면
그것은 분명 시일 거라고 생각하면서

2호선 타고 가는데
야경이 고래 물줄기로 보였다

그것은 노래의 발원처럼
가난하고 아름답고

고무나무가 있던 골목

에쎄를 숨겨두고 가끔 혼자 먹는 주인은
허리 아파서 걱정이라 했고 과잣값이 오른다고 걱정했다
오늘은 달걀값을 걱정했다
나는 과자에 쌓인 먼지를 걱정했다
옛날에는 과자 봉지에 쥐 발자국이 찍혀 있기도 했지
어릴 때 아버지는 나에게 넋 떨어졌다고 하셨지
깜깜한 밤을 뚫고 들려오는 서럽고 긴 찹쌀떠억 소리에
아득히 빨려들어 넋을 잃곤 했는데
아버지는 그 소리의 파장을 몰랐지
애들 신발 문수가 커져가면서 넋이 안 떨어졌지
북두칠성 달무리 먹구름의 표정을 살피기보다
난방비와 학원비의 표정을 살펴야 했으니까
나는 부자가 되어
오늘은 과자 우유 사고 아무 걱정 않고
떨어진 은행도 줍지 않고 유유히 걷는데
밥집 셔터 문에 하얀 종이
"집안 사정으로 문을 닫습니다."

쓸쓸한 종이를 업은 과묵한 셔터 문 앞에서
나는 잠시 넋이 떨어졌다
허여멀건 남자 홀로 앉아
손톱을 열어 가는 파를 다듬던 텅 빈 밥집,
신장개업 띠를 두른 고무나무 멀뚱히 서 있고
무심히 택배 차가 지나가던 그 밥집에
잔기침해대는 나뭇잎이 몰려들었다

2년생

눈 쌓인 마당
빗살무늬 길 곱게 내던 경비는
눈이 그치자 보이지 않았다

종이 상자 가지런히 묶어 탑처럼 쌓아올리던 경비는
산수유 열매 빨갛게 익을 무렵 보이지 않았다
종이 상자 테이프 뜯는 소리에
화단 꽃들이 한 뼘씩 자랐는데

울타리에 접시꽃 심어놓은 경비는
감나무 감을 따고 보이지 않았다

그들은 모두 때가 되면 보이지 않았다

제 3 부

어떤 사물은
슬픔의 어깨에 기대 흐느낀다

산길

새파랗게 젊은 선배가

세상에 유서를 쓰고

새가 되어 날아갔다

빈 둥지를 슬픔으로 지키다가

열흘 만에 눈물 젖은 흙을 덮어주는데

상복처럼 어두워졌다

그가 남긴 유언보다

그날의 어둠이 천 근 같았다

명동성당

윤슬처럼 종소리 퍼지는 들머리 올라가면
쓰다듬듯이 맞아준 키다리 아저씨 같은 성당

불타는 망루 곁으로 간 죄로 숨어 있던 그에게
불안을 털어낸 옷가지 건네주고 성당 안을 걸었지

성인의 유해가 안치된 지하성당 들여다보고
문화관 못 박힌 청동 발 앞에 오래 서 있었지

미사 본 사람들 집으로 돌아가는데
그는 집으로 돌아갈 수 없었네

어두워진 성당에 그를 남겨둔 채
돌아서야 했던 날들

누구를 위해서 울 수도 있어야 사람이지
울어서 삶이 어려워진다 해도

그 해 겨울, 눈이 내리던 크리스마스
눈꽃 나무 아래서 폴라로이드 사진을 찍었지

봄이 왔고
그도 집으로 돌아왔네

삶이 쉬웠다고 더 행복한 것*도 아니고
삶이 어려웠다고 더 불행한 것도 아니지
마음이 머문 곳에 있을 뿐이지

울어서 삶이 어려워진다 해도
또 울 것 같은 우리들은
성당에서 켰던 촛불을 켰네

* 김계희 동화달력 〈검은 바람 조〉에서 빌려옴

전시회

어쩌다 보니 어쩔 수 없이*
여기까지 왔어

너는 쪼그려 앉아 바닥을 보고
너는 쪼그려 앉아 무릎에 얼굴을 파묻고
아이는 가라앉고 돌아갈 수 있을까

붓질하는 나도 아팠어 의사가 엘보에 이상이 왔대
테니스 엘보는 들어봤어도 붓질 엘보는 처음 들어보네

어쩌다 보니 어쩔 수 없이
반은 우연이고 반은 필연이라고
너도, 나도,

운명을 사랑할 수 있을까
그날 5월 광주의 무심한 플라타너스를
말목장터를, 국가를

검은 바다에 떠 있는 달빛 창문 그림

제목, 희망도 아프다

이 제목 아직 유효한가

* 2019년 김종영 미술관에서 열린 김정헌 초대전 제목

진주

해방 깃발 휘날리던 시대도 신작로 먼지처럼 사라지고
자유를 아메리카노처럼 마시며 살다가

케이티엑스 타고
해방 흔적 찾아가는 길은 삼베옷 입은 것처럼 까실했다

백정들도 같이 예배 보게 했던 호주 선교사
해방의 문 열어준 그이들 사진은

진주교회 불 꺼진 방 유리 상자에 있었고
교회 문에는 차별금지법 반대 플래카드가 붙어 있었다

어리둥절한 나는 잠깐
에스프레소 마신 것처럼 입안이 썼다

형평운동*하다 가산을 탕진한 삼천 석 지주 아들
강상호

자식들 교육도 못 시켜 원망 들었다는 그의 묘는
둘레석도 없이 그늘져 있었고

진주를 떠나기 전 잠시 들른 진주성
창렬사 툇마루에는 장갑 한 짝이 놓여 있었다

우리가 무언가를 잃어버리듯이

* 1923년부터 일어난 백정들의 신분 해방 운동

창신동

그녀는
쪼그리고 앉아 담배를 피우고 있었다

시커멓게 탄 폐부에서 나오는 연기는
너무 매운 슬픔이어서
바라보면 눈물이었다

황간역 철로 변에서
신발이 벗겨진 채 발견된 종원이* 나이
스물다섯

아들이 다니던 관악산 아래 학교
처음 가 본 길이 마지막 가는 길이 되었고
그마저 산산이 부서졌고

기차소리 늑골 찌를 때마다
장사도 덮고

죽은 자식들 영정이 걸려 있는 집에 와 울던
울보 엄마

쪼그리고 앉아 담배 피우던 모습은
팔십 년대 매캐한 그림자를 뒤집어쓰고
세월 가도 흐려지지 않았다

* 1985년 수배 중 의문사한 서울대생 우종원

졸업

구멍이 송송 뚫린 유리벽 앞으로
솜 누빈 푸른 옷을 입고 나왔다

춥지 않냐고 물어본 것 같고
괜찮다고 말했던 것 같다

메가폰 잡고 앞에 나섰던 친구들의 종결 방식은
서늘했지만 그때는 그게 최선인 줄 알았다

나는 사식을 넣어주는 것으로
너는 미소를 지어보이는 것으로
두려운 앞날을 조금 나누어가졌다

봄이 왔어도

손수건 코에 대고 숨어든 골목에 셔터가 내려지고
최루탄 연기가 유령처럼 쫓아왔다

면회 와주어서 고맙다는 편지 받은 뒤에
너의 소식 들을 수 없었고

철쭉같이 붉었던 봄도 물러나고 있었다

버찌

엘피판에 바늘을 올려놓고 녹여먹던 사계절

나눠 가질 수 없는 것을 가지고 다툼이 났을 때
그것을 조각내서 다툼을 종식시켰다

그때 망가진 카세트는 살아나지 못했지만

온몸을 공벌레처럼 오므리고 이불 속에서 노래를 들으며
가슴이 커졌다

늘어진 테이프 되감아 복구하면서 우린 수정했다
단정한 소녀를 지우고 아침 이슬을 불렀다

직진이 없다는 걸 그때 알았다

변신을 꿈꾸며 쓴 편지는 반송되지 않고

사라지기 일쑤였다

반나절짜리 가출을 감행하며 돌고 돌아 왔다

버찌가 떨어져 선혈같이 물든 바닥으로부터

인천시립승화원

동여맨 나무관이 화구로 들어가고

유골함 품에 안은 사람 따라 검은 상복 입은 사람들이
두 줄로 걸어갔다

애끊는 곡소리가 **뼈**를 태웠다

서럽게 산 사람이 못사는 사람이 우는 거야
잘 먹고 산 사람은 안 울어 자신이 서러운 거야

삼촌의 말을 삼키고 바닥을 끌면서 곡소리는 멀어져갔다

기차처럼 또 상복 입은 사람들이 섧게 울면서 갔다

무균주

여름은 마지막인 것처럼 뜨거웠고

다육이 잎이 벚꽃처럼 떨어졌다 가시투성이 무균주 허리도 꺾였다 석유같이 검고 젤처럼 찐득한 뱃속, 죽은 동물의 내장이 흘러내리는 것 같은 무균주를 능소화 핀 화단에 묻으며

몰랐던 내 손도 묻었다

물높이도 모르고 퍼부은 물,

사막을 데려오려면 같이 뜨거워져야 하는데

끝내 나를 찌르지 못한 가시는 구름이 되었을까

그날 조화도 없이 빈 화분 혼자 상가를 지키고 있었다

사물의 용도

구름이 내려앉아 시냇물이 된다면 그것도 좋을 거야
별이 떨어져 콩밭을 굴러도 좋을 거야

나무가 의자가 되는 일처럼
숟가락이 자물쇠가 되는 일처럼

어떤 사물은 부드럽게 쓰다듬어주고 싶은데

때때로 어처구니없어질 때 나는
구름의 가슴에 얼굴을 묻고 싶어져

왜 자꾸 애벌레가 나오죠, 죽음을 모르는 장애 청년이
엄마 이불에서 나오는 구더기 막으려 두른 청테이프
청테이프는 입을 틀어막고 꺽꺽 울었을까

엄마는 페트병에 콩이며 팥을 담아뒀는데
그럼 벌레도 안 생긴다고 좋아했는데

모로코 소년은 페트병 몸에 두르고 바다를 건넜다

스페인 세우타 해안에서
탈진한 소년과 페트병은 어떤 작별 인사 나누었을까

방문 걸어 잠근 가족이 방안에 피운 번개탄
연기가 피어오를 때 어떻게 눈 감았을까

어떤 사물은
슬픔의 어깨에 기대 흐느낀다

투구게

　푸른 피를 갖기로 했다 너의 몸에 대롱을 꽂아 투명한 유리병에 푸른 피를 뽑아냈다 유리병에 푸른 피가 떨어질 때 병을 붙잡고 있던 붉은 피를 가진 나의 손이 저릿했지만 네 핏속 헤모시아닌으로 백신을 만들어 심장이 펄떡이는 사람을 살렸다 결박한 너의 등을 풀어 바다로 돌려보내고 나는 푸른 피로 푸른 잉크를 만들어 편지를 쓴다 산란지인 델라웨어만에서 이제는 전처럼 널 볼 수 없다는 소식 들었지만 실험실을 떠나지는 못했다 눈을 감으면 투구를 쓴 내가 붉은 피를 흘렸다

아픈 눈이 감겼다

살고 싶은 사람들뿐이었다
처방전은 가볍고 에스컬레이터는 길었다
그곳을 나와 대학 정문 앞 횡단보도 건너
굴다리 지날 때마다
불꽃이 된 카타리나*가 떠올라 허둥지둥
빠져나온다 삼십 년 전처럼

길에는 은행잎이 수북이 포개져 있다
짓뭉개져 얼룩진 신발이 떠오른다
검은 플래카드가 걸려 있고
광고 붙인 버스가 무심히 지나간다
우린 또 슬픔에 포개지게 되었다

나는 노래져야 할지 검어져야 할지
더 붉어져야 할지 아픈 눈이 감겼다

* 1991년 연대 앞 철길 아래서 몸을 던진 이정순 열사의 세례명

밖

저수지는 늪이 되어갔다
숨을 쉬기 위해 밤새도록 헤엄쳤지만
수초에 긁히기만 했다

다 자라지 않은 지느러미로 헤엄쳐 나올 때
새벽 물안개가 떨고 있었다

그리움은 상처보다 깊지만 모진 것은 더 깊어
매질로 부르튼 스무 살 살갗에 연고를 바르고

할머니가 돌아가실 때
나쁜 짓하지 말고 살라 했는데

얼굴에 별이 떨어지는 노래방
립스틱으로 장미꽃을 피워 팔고
죽은 꽃에 쓴 술을 붓고

나를 기다렸던 검은 그물 안에서
지느러미를 파닥거려

강은 얼마나 먼가요

질긴 그물을 물어뜯을 때
긁힌 비늘에 물안개가 내려앉았다

뛰어간다

백화점에서 일하는 친구가 말했다
모두 뛰어간다고
오백만 원짜리 옷 산 사람도
각티슈 주는 곳으로 뛰어가고
오만 원짜리 옷 산 사람도
각티슈 주는 곳으로 뛰어간다고
각티슈 원가는 천 원이지만
그것은 공짜이므로 아무도 포기하지 않는다
뛰어가는 곳의 끝은 어디일까
각티슈일까 각 티슈가 놓인 방일까
티슈가 새가 되면 어디로 날아갈까
벌어놓은 돈 써보지도 못하고 죽은
사람이 사준 짜장면이 생각난다
그 사람은 새벽 두 시에도 뛰어갔다
논으로 밭으로
철가방 들고 뛰어온 숨가쁜 발소리도 생각난다
그 사람 오토바이는 사거리에서 엎어졌다

그날 티슈는 소리 없이 눈가로 뛰어갔다

제 **4** 부

떨어져도 아프지 않겠습니다

변산

노을을 끌어안고 바다의 눈가가 붉어졌다
슬프게 떠난 영혼을 끌어안는 사람들이 붉어지고 있었다

사람이 죽으면
별이 된다는 믿음이 우리를 살게 한다

사람들은 흐릿하게 서로를 바라보았다

어느 때부터인가 느리게 말하는 사람이 좋아졌다
슬픔을 손수건처럼 접어두고
무슨 생각해, 묻는 사람이 좋아졌다

땅거미를 끌어안아 본 사람은
발끝의 어둠 말아두는 법을 알아서

묶음으로 하나 둘 멀어져갔다

춘천

하얀 눈길 밟고 온 빨간 부츠가
푸른 군복보다 오래 남았던 곳

어떤 곳은 색으로 남고
어떤 곳은 질긴 심줄로 남아 있다

소양호에서 머구리배 타고
양구로 가서 얻어맞은 이야기 들은 게
얼마 전이었지

철책선에 내린 눈이
강물로 흘러들 때쯤

새발자국만큼 증오가 커졌을까 평화가 커졌을까
강물은 젊음을 실어나르고 얼마큼 파래졌을까

세상이 산뜻해진 것 같지 않은데

기차는 산뜻해졌다

청춘 열차 2층은 차 마시며 가기 적당했고
기타 메고 여럿이 갔던 길을 셋이 갔다

누구에게는 나루터였고
누구에게는 아지랑이였던 곳

겨울 지나 춘천은 봄꽃 피고
나는 사람을 얻어 왔다

새의 언덕

비가 오고 파도가 밀려오고
우산 든 커플이 모래 위를 걸어가고 있었다

나란히 앉은 새들이
먼 바다를 바라보고 있었다

새들이 바라보는 곳을 알 것 같아

말이 전하는 음폭보다
눈동자나 뒷모습이 전하는 자장이 크니까

가 본 적이 있는 곳이기도 하고
가야 할 곳이기도 한 곳

그곳을 향해

기다리는 자세

같이 비 맞는 자세
한곳을 바라보는 자세

파도 너머
먼 곳

비상 직전
새들은 아무 소리도 내지 않는다

발톱을 모래 깊숙이 박고 가만히 있는다

지동

담장에 그려진 꼬마와 새가 가위바위보를 했다
나는 풍경을 담고 싶어서 보자기를 냈다

분홍 대문 앞에 몽당 빗자루

대문 앞에서 소곤대던 시절이 그립기도 했지만
대문 안 표정이 궁금하지는 않았다

나는 뒤를 돌아보지 않았고 골목은 밖을 내다보지 않았다
추억도 재생 사업도 조금 아팠다

골목 끝 너른 공터에는 열기구가 구름을 쫓아갔다
골목을 빠져나오면 종종 뜻밖의 일이 생겼다

열기구 타는 것보다 골목을 걷는 게 좋다고 네가 말했고
차가운 하늘에 연이 날았다

여름이

등 뒤에 당도했다

흔들리는 건 바다에 가까웠다

여행의 마지막은 청보리밭에 가는 것이었다

푸른데 더 푸른 곳을 찾아가는 길엔

온통 매미 소리뿐

청보리밭은 없었다

바다로 가는 길이 은빛으로 열려 있었다

바람에 밀려

폐가를 기웃거리다가

유령이 나오기도 전에

우리는 멀리 달아났다

바다에 닿아서야

뒤를 돌아보았다

망설임 없는 초록은 곁에 없었고

은빛이 발목을 잡았다

너의 나무

방은 따뜻했고 이불은 꽃으로 피어났다

그 애가 데려간 집은 비닐하우스 화원
꽃과 나무 뒤쪽 넓은 평상이 그 애의 방이었다

우리 아빤 흙과 나무 없으면 평생 외롭게 사실 분이야
꽃과 나무로 둘러싸인 방에서 꽃처럼 말했다

들에서 밥 먹어본 적 있니?

나무가 되어 본 적 있니?

만원버스 세워두고 허공과 흙 사이로 걸어가
너를 너이게 하는

잎을 입는 것보다 잎을 벗는 것이 쉬운 나무
너의 맨얼굴이 되는

바람의 응답 들으려고 숲으로 걸어가 질문이 되는

어깨 위 새소리에 고백이 되는

한쪽으로만 키가 크는

나뭇잎 태우는 연기에 눈이 매워지는

곡자*

넌 변하지도 않니, 그런
말을 듣는 사람 같은 양복점
오래 붙여놓은 포스터처럼 간판은 바랬지만
어깨에 각이 잡힌 감색 양복에 자줏빛
넥타이를 맨 마네킹은 신사의 품격을 입고 서 있다
오래 써서 길이 든 가위와 줄자와 초크
시침핀이 놓여 있는 재단대는 등짝이 넓다
몸에 맞는지 보기 위해 듬성듬성 시침바느질한
옷을 매만지고 있는 재단사에게는
요즘 시대 누가 양복을 맞춰 입냐는 말
가위로 자르고 시침핀으로 꽂아두었던
뚝심이 있다
디지털 시대에 필름 카메라 고집하는 사람처럼
손이 매만지는 옷감에 길들고 싶은 사람 있을 거라고
줄자의 눈금처럼 촘촘히 되뇌며
자신의 이름을 보증 수표처럼 박고
실패에 감긴 실만큼 마음 꿰맨다

양복 윗주머니에 꽂아놓은 행커치프**가

꽃으로 피어날 거 같은 한낮,

재단사는 자신을 닮은 곡자를 따라

부러지지 않는 선을 그린다

* 쇠나 나무를 구부려서 'ㄱ'자 모양으로 만든 자
** 멋을 내기 위하여 주머니에 꽂는 형형색색의 손수건

겨울 꽃잎

    시계탑 지나 굴다리 지나 창천교회엔 반짝이는 조명이 눈처럼 내렸다 나도 눈처럼 걸어가는데 추레한 젊은이가 다가와 차비 좀 꿔달라고 했다 보름 후에 월급 타면 갚겠다고 그에게선 오래 묵은 쌀 냄새가 났다 무심한 거리에 쌀쌀한 바람이 불어왔고 나는 노루귀만큼 망설이다 종이돈 만 원을 주었다 쌀가루 같은 눈이 두어 번 내리고 그를 잊었는데 아, 통장으로 오천 원이 들어왔다 얼마 지나지 않아 또 오천 원이 들어왔다 나는 행색을 믿지 않았는데 초라한 행색은 약속을 잊지 않았다 꽃잎 같은 눈이 내렸다

종이에게 미안하다

라면을 담다가 사람의 집이 되는
종이 집이 지하도에 있었다
밤에는 관처럼 펴져서
한 사람이 누울 때 어땠을까
종이 눈에 흰 눈이 떨어지면
등짝 참 서럽겠다
새 신발이 담겨온 종이 상자를 좋아했다
한 손으로 열었다 닫았다 빳빳한 종이 상자는
바느질 상자도 되고 약상자도 되고
종이 딱지 종이꽃 종이학 종이비행기
종이로 수도 없이 만들었는데
엄마 유언을 적은 종이는 슬픈 관절을 묻었지만
종이 참 좋아했는데 이제 종이에게 미안하다
공책으로 사서 몇 장 쓰고 버린 종이에게 미안하다
할머니가 리어카에 끌고 온 종이 박스에게 미안하다
헐은 손으로 받아든 구겨진 종이돈에게 미안하다
찬 **뼈대**를 세운 종이 집에게 미안하다

무엇을 쓸 것인가

장을 꿰매고
비에 젖은 은행잎처럼 누워 있던 엄마가
종이와 연필을 가져오라고 했다
말도 못 하실 형편에
무슨 중한 말씀하시려는 건지
자못 떨리는 마음으로
펴드린 종이에
흔들리는 손으로 쓴 글씨
"간호사에게 음료수 사다 드려라."
글자는 실핏줄처럼 부풀어올랐다
겨울 나뭇가지 같은 손으로 쓴 글자가
경전처럼 느껴졌다

나는
무엇을 쓸 것인가

시인이 되는 것보다

등단작이 실린 문예지를
문학소녀였다는
동네 아주머니에게 드렸더니

바람이 몹시 부는 저녁,
꽃잎 같은 글씨로 새긴 축하 메시지와
장미꽃밭 같은 케이크 안겨 주고
바람 속으로 사라졌다

물건 팔면서 뜨개질한 이국풍 모자
구호단체에 보내고 봉사도 다니던데

바람이 부는 곳에 서서 나는

시인이 되는 것보다
그렇게 정성스럽게 사는 게 더 어렵겠습니다,
메시지를 보냈다

경계

어제와 오늘의 차이를
그 경계를 어떻게 구분 짓는지 모르겠지만
새해 덕담을 들으며 보신각 종소리를 들으며
새해 열차를 탔다
어두워지기 전 흐릿한 색채로 번지는 어스름
그 경계의 빛보다 더 애매한 경계들
내가 사는 집은 부천이고
집 옆 4차선 도로를 건너면 서울인 것도 갸우뚱한데
어제와 오늘의 경계
여기와 저기의 경계
너와 나의 경계
사랑과 사랑 아님의 경계
진실의 경계를 어떻게 그을 수 있나
차라리 경계의 안과 밖
그 언저리를 사랑하리라
서성거림과 의문,
풋풋함과 단단함,

때론 당돌한 도전을 머금은 언저리를

연서

　보고 싶은 마음에 저녁의 옷자락을 따라나섰습니다 어린나무들이 이름표를 달고 뿌리내리는 수목원을 걸으며 당신을 만나고 싶었습니다

　손을 대면 손바닥이 푸르스름하게 물들 것 같은 물푸레나무와 방울방울 달린 잎에 이름 하나씩 붙여주고 싶은 계수나무 앞에서 당신을 만나기 위해 서성였습니다

　온몸에 엽록소를 묻히고 벤치에 앉아 풀벌레 소리 들으며 당신을 기다렸으나 당신은 쉬이 오지 않더군요 화살나무 가지로 당신에게 쓴 편지에는 언어에 대한 질문이 많았지요

　머물지 않는 바람을, 흘러가는 구름을, 지나쳐가는 기차를 어떻게 쫓아가야 하는지 몰라 상심했던 날들을 적어보낸 편지에 당신은 답장 대신 갈대의 말을 들려주었지요 메타세쿼이아 길을 걷다 하늘에 닿은 잎사귀를 오래 바라보면서 갈대의 말을 생각했습니다

은유의 연못에 핀 분홍빛 수련을 건져 올려 끄적이는 밤,
당신을 벗어날 수 없다고 고백합니다
빨갛게 물들어 소복이 떨어진 화살나무 잎사귀처럼
떨어져도 아프지 않겠습니다

멀다

겨울 언덕은 멀었다
얼어붙어도 가고 싶었다

산은 멀지 않았지만 가지 않았다
허락하지 않는 몸도 있다는 걸 알았다

그리운 것들은 멀리 있었고
멀어질수록 그리운 건 어머니였다

미움은 멀리 두고 싶었고
사랑은 멀어져도 밉지 않았다

멀어짐으로서 또렷해지는 숲이 있었고
멀어져서 가까워지는 들이 있었다

멀고도 가까운 것이 내게 손 내밀었고

멀어지지 않기 위해 애썼던 날들이
살게 했다

멀리 달아나지 않으려는 마음이
둥지를 만들고

날마다 장작불을 피우기 위해
나는 멀리 간다

뒤늦게

한 일 년 등대지기가 되어도 좋겠다
그동안 내가 세상에서 받은 불빛 떠올리면서
두 손 모아 조심스레 등대에 불 켜리라
저 멀리 아득한 밤바다
물거품 토하며 돌아오는 배를 마중하리라
뱃고동 소리 들리면 무사 귀환에 가슴이 뻐근해져
얼마나 잡았는지는 묻지 않으리라
사느라 바빠 인색했던 위로를
별 하나 둘 떼어다 수제비처럼 뚝뚝 밤바다에 놓고
사랑하는 사람들과 고단을 위로해 준 벗들의 얼굴을
밤의 창가에 붙이고 파도 소리 들으리라
파도 소리에 실려 온 암호를 해독하면서
새로운 문장을 쓰리라
한낮에는 바닷가에 나가 밀려온 해초를 주우며
뭍에 있는 사람을 그리워하리라
접어두었던 얼굴 수평선에 띄워 편지를 쓰고
지는 해를 바라보리라 늦은 저녁을 먹으리라

페이지

새로 쓰이기 시작한다

두려움 없이 뛰어내렸던
처음이었던 눈밭으로부터

잘 지내나요?

설산을 향해 애절하게 소리치던
주인공이 서 있던 눈밭

엔딩 크레딧이 올라갈 때까지
남아 있었던 극장은 허물어졌지만

그 자리에 오래 숨죽였던 사람은
여운이 늑골에 깊이 박혀서

다시 휘청인다 해도
어둠 속을 걸을 수 있다

| 작품해설 |

정겨운 소란
— 정종숙 시집 『춥게 걸었다』에 머물다

최 지 온

(시인)

| 작품해설 |

정겨운 소란
— 정종숙 시집 『춥게 걸었다』에 머물다

최 지 온
(시인)

▍초록 문 열기

 정종숙 시인(이하 시인)과의 인연은 오래되었다. 대학 입학 동기였고, 학창 시절 내내 문학과 사회와 정치 언저리에서 맴도는 우울한 자화상처럼 몰려다녔다. 어쩌면 그것이 젊음의 특권이었을지도 모르지만, 우리는 세상을 향해 소리치는 것을 멈출 수 없었다. 많은 꿈을 꾸었고 무엇이든 바꾸고 싶었다. 그러는

동안 우리를 가두는 것들이 얼마나 많은지 깨달아갔고, 흔들리고 무너지면서 무엇을 다시 시작해야 하는지를 주문처럼 외웠던 것 같다. 시인에게선 유독 흔들리지 않는 어떤 믿음 같은 게 있어 보였다. 물론 지금 생각하면, 80년대를 함께 겪었던 그 시대 학생들의 공통된 정서 같은 것이었을 텐데, 시를 사랑하는 마음이었든, 시를 통해 삶의 한 부분을 변화시키고 싶은 마음이었든, 몰려다니던 친구들 중에 유달리 문학을 사랑하고 아꼈던 것만큼은 뚜렷이 기억난다.

  이런 개인사를 굳이 밝히는 것은 이 시집에 등장하는 장소와 인물들 때문이다. 가까운 사람인가 하면 멀고, 멀다고 생각하면 어느새 성큼 우리 옆에 서 있는 사람, 한 번쯤 가 보았을 것 같지만, 어쩌면 한 번도 가 보지 못한 곳, 낯익지만 낯설고, 낯설지만 결코 낯설 수 없는, 어떤 경계 바깥에서 존재하는 모든 것들. 그런 장면들이 마치 편지를 보낸 것처럼 말을 건네 온다. 시인의 시적 근원은 이렇게 시작된다.
  시인은 부천에서 오랫동안 살았고, 지금까지도 그곳에 살고 있다.

    내가 사는 집은 부천이고

집 옆 4차선 도로를 건너면 서울인 것도 갸우뚱한데
어제와 오늘의 경계
여기와 저기의 경계
너와 나의 경계
사랑과 사랑 아님의 경계
진실의 경계를 어떻게 그을 수 있나
차라리 경계의 안과 밖
그 언저리를 사랑하리라
서성거림과 의문
풋풋함과 단단함
때론 당돌한 도전을 머금은 언저리를

—「경계」 부분

시인은 어쩌면 언저리를 사랑하는 마음으로 쭉 살아왔을 것이다. 최소한 내가 아는 시인은 그랬다. 삶이 곧 시이고, 시가 곧 삶이라는 말은 이럴 때 해당되는 말일 것이다. 그래서인지 시인의 기억은 시인이 살면서 만나고 이야기를 나누었던 사람과 그들과 함께했던 수많은 장소를 자연스럽게 소환한다.

▍언저리 펼쳐 보기

 언저리라는 말은 경계와 또 다른 느낌이다. 경계는 어떤 기준에 의해 분간되는 한계이지만, 언저리는 그것에마저 다가가지 못하고 맴돌고 있는 것 같다. 굳이 개념화할 필요는 없겠지만, 어쨌든 나는 경계라는 말보다 언저리라는 말이 더 따뜻하게 와 닿는다.

 들뢰즈와 가타리는 『천개의 고원』에서 '리좀'이라는, 가지가 흙에 닿아서 뿌리로 변화하는 지피식물을 언급한다. 뿌리가 내려 있지 않은 지역이라도 번질 수 있고, 고정된 중심이나 구조 없이 다양한 방향으로 뻗어갈 수 있다고 한다. 어쩌면 경계에 서 있는, 그 언저리를 맴돌고 있는 시인은, 시를 통해 끊임없이 변화하고 새롭게 바라보고자 하는 것 같다. 한 곳에 뿌리를 내리려는 것보다는 언저리를 맴돌면서, 언저리를 맴도는 사람들과 더불어 어디든 뿌리를 뻗어나갈 수 있도록 손을 잡아주고 있는 것 같다.

 시집에 등장하는 인물은 대부분 삶의 언저리에서 맴돌고 있는 우리의 이웃들이다. 어머니와 아버지를 비롯해서 연변동포들, 러시아 유학생과 모로코 소년, 육교에서 고무줄과 단추를 파는 노인, 버스킹하는 젊은이, 경비, 우종원 열사, 장애 청년 등 다양하다.

동쪽으로 십 킬로쯤 달려와
살게 된 동네를 사랑하게 되었다

당신을 사랑하게 되듯이 그렇게

목화솜 같은 눈송이가
나뭇가지에 쌓이는 걸 보면서 이삿짐을 풀었다
막막한 걸음도
받아주는 사람이 있고 녹여주는 곳이 있어
세상은 얼어죽지 않았다

넓은 인도에는 띄엄띄엄 벚나무가 있고
가게 앞에는 옷을 입은 강아지가 있다
턱을 괴고 있는 여인의 조각상이 있는
빨간 벽돌집 마당을
담장 너머로 훔쳐보는 기쁨이 있고
고흐의 그림 밤의 카페테라스처럼
여름밤 치킨집 앞에는

삼삼오오 맥주 마시며 떠드는 사람들
정겨운 소란을 보는 즐거움이 있다

은행나무 아래 둥지 튼
공중전화 박스에 풀풀 눈이 들이치면
괜히 전화 걸고 싶은 그리움이 있다
오래된 집에 푸른 물을 들여 꽃집 차린 아가씨가
화분에 물 주는 뒷모습과
팝송 틀고 자전거 고치는 아저씨 뒷모습은
뒷모습의 반경을 생각하게 한다
별것도 아닌 사람들이 별빛을 내고
창가 불빛이 지붕을 기댄 집들을 위로한다

동쪽으로 걸어가면 나무숲과 기찻길이 별을 모으는
이 동네를 어슬렁거리면
살짝 기운 지구와 오래 살고 싶어진다

당신을 사랑하게 되듯이 그렇게

　　　　　　　　　　—「사랑하게 되는 일」 전문

"이 동네를 어슬렁거리면/ 살짝 기운 지구와 오래 살고 싶어진"다고 말하는 시인은 "받아주는 사람이 있고 녹여주는 곳"에서, "삼삼오오 맥주 마시며 떠드는" 평범한 사람들과 함께 "별것도 아닌 사람들이 별빛을 내고/ 창가 불빛이 지붕을 기댄 집들을 위로"하는 살짝 기울어진 곳에서, 살짝 기울어진 사람들과 함께한다. 사랑이 결코 관념이나 이념에 치우칠 수 없다는 것, 사랑은 먼 곳에 있는 것이 아니라, 내 옆에, 우리들의 주변에서 늘 손을 뻗고 있음을 알게 한다. 살아 있는 생명들에 대한 관심과 염려와 끊임없이 건네는 대화 속에서 사랑은 이루어진다.

시인의 사랑은 "정겨운 소란"으로 가득한 곳에서 펼쳐진다. 정전이 되어 집 밖으로 뛰쳐나온 노부부가 갈 곳이 없자, 1층에 살던 시인은 노부부를 집으로 들여 쉬게 한다. 한쪽 뇌가 정전인 할아버지는 소파에서 어두워지고, 시인의 마음은 촛농처럼 흘러내린다. 삶은 때로 스위치 같다. 불을 켜고 불을 끄는 누군가가 있어서, 시시때때로 정전의 순간을 맞이하고, 그럼에도 불구하고 그 어두움을 함께 나누는 사람이 있어서, 그나마 살아가는 것이다.

그림을 팔러 다니는 러시아 유학생에게서 그림을 사는 시인과 화산섬으로 가는 딸들을 배웅하는 엄마의 마음은 같을 것이다. 모카빵을 잘 만들던 빵집 부부가 매일 바스러지는 것을 바라보는 것과 집안 사정으로 문을 닫는다는 쪽지를 써 놓은 텅 빈 밥집을 바라보는 마음은 단순한 연민이나 동정은 아닐 것이다. 그것은 나의 사정이고 부모의 사정이고 옆집의 사정이니까. "음표에 숨어 있는 바람과/ 깔고 앉은 박스의 냉기와/ 앰프의 무게를 모르지만"(「고래의 노래」) 누구나 꿈꾸는 고래의 시간만큼은 알 테니까.

그래서 셋집으로 변한 빨간 벽돌집에 사는 연변동포들은 서로의 무게를 이해한다. 밤의 덧문을 열고 들어오는 식당 일하는 여자와, 주말에 밀린 빨래를 하는 간병 일하는 여자와, 보름 만에 돌아온 집 짓는 남자들은, 한집 사람인 것처럼 서로에게 열쇠를 맡기고 통장을 맡기며, 일을 하러 떠난다. 이것이 포옹이고 이것이 사랑이 아니라면 무엇을 사랑이라고 말할 수 있을까.

이런 시인의 마음은 죽은 엄마의 몸에서 나오는 구더기를 막기 위해 청테이프를 두르는 장애 청년과 번개탄을 피우고 떠난 어느 가족과, 페트병을 몸에 두르고 바다를 건너는 모로코 소년으로까지 확대된다. 그러니까 어느 날 추레한 젊은이가 다가

와 돈을 빌려 달라고 했을 때 빌려주는 시인과, 한참 지난 후에 잊지 않고 돈을 갚는 젊은이의 낯선 마음이 아주 오랫동안 울림을 갖게 되는 것이다. "물건 팔면서 뜨개질한 이국풍 모자/ 구호단체에 보내고 봉사도 다니"는 이웃에게 "시인이 되는 것보다/ 그렇게 정성스럽게 사는 게 더 어렵겠습니다"(「시인이 되는 것보다」)라고 문자 메시지를 보내는 시인의 마음이 되어 보는 순간 내 마음도 따뜻해진다.

▍기억의 문 열어보기

기억은 시간을 초월하여 과거를 현재로 가져오려는 시도인 반면, 추억은 시간의 흐름 속에서 과거의 경험을 재구성하는 창조적인 과정이다. 블랑쇼는 '기억함과 죽음이 동시에 발생하는 순간이 있다'『최후의 인간 p.122』고 말한다. 인간은 모든 것을 기억할 수 없고, 기억할 수 없는 것은 망각이라는 이름으로 죽음에 이른다. 그러나 그것은 다시 추억이라는 이름으로 혹은 기억이라는 이름으로 시인과 정면으로 마주한다.

그날도 햇볕이란 햇볕이 다 모였다

조화 파는 집에서
흰 꽃 파란 꽃 한 다발 묶어

따뜻한 묘지 위에는 생화 놓고
유리상자 사진 옆에는 조화를 놓았다

공원묘지에 돗자리 깔고
도시락 먹으며 안부를 묻는

뜨겁게 살다 간 사람을 기억하는 오랜 방식

이날이라도 와야
지은 죄의 면죄부를 받을 수 있는 것처럼 모였다

세상이 나아지지 않았다는 똑같은 말을
수십 년 되풀이하면서

살아가고 있었다

담배 한 개비 놓아주고

멀리 산자락 바라보는 수줍은 방식

　　어느 순간부터 떠난 사람 이야기는 하지 않고
　　산 사람 이야기만 하면서
　　지워지지 않는 화인을 깊숙이 숨겼다

　　묘지의 풀 한 줌 뽑고 내려오면
　　우릴 기다리는 잔디 너른 미술관
　　풀지 못한 마음이 잔디 위로 굴러가고

　　우리는 미술관 옆 카페에서 열상을 식히면서
　　일 년 동안의 안녕을 주고받았다

　　아무렇지도 않은 듯이

　　　　　　　　　　— 「기억의 방식」 전문

　시인이 바라보는 기억의 방식은 생화와 조화의 어울림으로부터 시작된다. "멀리 산자락 바라보는 수줍은 방식"으로서의 조화와 "어느 순간부터 떠난 사람 이야기는 하지 않고 산 사람 이야기만 하"는 생화의 방식은 뜨겁게 살다 간 사람을 기억하는 오랜 방식이다. 우리는 "세상이 나아지지 않았다는 똑같은 말을/ 수십 년 되풀이하면서" 살아가는 사람들이다. 이천 년 전에도 그랬고 삼십 년 전에도 그랬고 지금도 그렇다. 뭔가 좋아진 것 같은데 알고 보면 좋아진 게 하나도 없는 것 같고, 뭔가 바뀐 것 같은데 그게 우리를 인간답게 하는지 잘 모르겠다는 말을 하곤 한다. 공원묘지에 돗자리 깔고 도시락 먹으며 안부를 묻는 것은 미술관에 걸린 한 폭의 그림이다. 그것이 기억을 끄집어내는 시인만의 방식이다. 그런 기억들이 폴라로이드 사진처럼 펼쳐진다.

　시인은 예전에는 "선명한 게 좋았는데, 이제는 불투명한 것도 좋"다고 한다. "우리 갈래가 조가비만큼 많다는" 것을 알고 "촛불을 꼭 같이 끄지 않"는다는 것도 안다. "사방이 어두워져도 서서히 보이"고 "그 속에 너도 있고 미루나무도 있"지만, 네가 "곁에 없다는 것"도 안다. 이미 멀어지고 있고 "멀리 가고 있"(「산호초 줍는 저녁」)다는 것을 안다. 그것이 생화의 방식일 것이다. 기억 속에서 끄집어낸 추억이 아무리 아름답고 혹은 잡고 싶은 것이라 해도, 삶은 늘 꿈을 앗아가고, 펼치는 것보다 접는 게 더 쉽다는 것을 시인은 안다.

　"바람 부는 언덕에 서서/ 먼 데를 바라보"면 "먼 데는 멀어지고 있"다는 것을 알게 되지만, "오래 서성였던 시간을 기억하는 계단을/ 잃어버린 사람처럼 마주"하면서 계단은 끝내 아무 말하지 않지만, "발소리만으로 대화는 이어지고/ 끊어"져도, "갚아야 할 무엇이 남아 있"다고 느끼는 시인은 "힘내서 계단을 오"(「푸른 계단」)른다. 그것이 "떠나지 않고 사는 법을 터득한" 사람들의 방식 아닐까. 삶은 어쩌면 옷좀 나방 같은 마음일지 모른다. 그래서 "스웨터같이 따뜻한 것이었으면 하"(「스웨터 읽는 시간」)는 시인의 마음이 자연스럽게 전달된다. "감자 먹으며 땅속줄기를 생각하지 않고/ 감자 칼로리를 생각하는 가벼운 날"(「백년, 거리에는」)들로 채워져도 삶은 계속 이어질 것이다.

그렇다고 조화로서의 기억을 망각이라고 할 수는 없다. 이미 죽음이 이어지고 있는 조화로서의 삶도 있다. 죽은 아들을 가슴에 묻고 "기차소리 늑골 찌를 때마다/ 장사도 덮"(「창신동」)고 우는 엄마의 눈물은 세월이 가도 흐려지지 않는다. "5월 광주의 무심한 플라타너스를/ 말목장터"(「전시회」)를 기억하는 사람들은 상복 입은 모습 그대로, **뼈**를 태우는 심정으로 살아 있다. 그 어둠이 단지 천 근에 불과하겠는가. 살아 있어도 살아 있는 것 같지 않은 조화의 마음, 그것을 헤아리는 것은 어쩌면 불가능할지도 모른다. 생화라고 해서 조화라고 해서 그 아픔과 고통이 덜하지는 않을 것이다. 뿌리가 뽑히고 줄기가 잘리고 가지치기 당하는 삶과 죽음이 계속 이어지고 있으니 말이다.

    윤슬처럼 종소리 퍼지는 들머리 올라가면
    쓰다듬듯이 맞아준 키다리 아저씨 같은 성당

    불타는 망루 곁으로 간 죄로 숨어 있던 그에게
    불안을 털어낸 옷가지 건네주고 성당 안을 걸었지

    성인의 유해가 안치된 지하성당 들여다보고
    문화관 못 박힌 청동 발 앞에 오래 서 있었지

    미사 본 사람들 집으로 돌아가는데
    그는 집으로 돌아갈 수 없었네

    어두워진 성당에 그를 남겨둔 채
    돌아서야 했던 날들

    누구를 위해서 울 수도 있어야 사람이지
    울어서 삶이 어려워진다 해도

그 해 겨울, 눈이 내리던 크리스마스
눈꽃 나무 아래서 폴라로이드 사진을 찍었지

봄이 왔고
그도 집으로 돌아왔네

삶이 쉬웠다고 더 행복한 것*도 아니고
삶이 어려웠다고 더 불행한 것도 아니지
마음이 머문 곳에 있을 뿐이지

울어서 삶이 어려워진다 해도
또 울 것 같은 우리들은
성당에서 켰던 촛불을 켰네

* 김계희 동화달력 〈검은 바람 조〉에서 빌려옴

—「명동성당」 전문

  밖에 있는 사람은 "사식을 넣어주는 것"으로, 갇힌 사람은 "미소를 지어보이는 것"으로 기억하는 방식은 결국 "사람을 얻어 왔다"는 고백에 다다를 수 있게 한다. "지난 계절이/ 다음 계절을 데려"와도 "집으로 돌아갈 수 없"는 사람을 위해, "누구를 위해서 울 수도 있어야 사람이지/ 울어서 삶이 어려워진다 해도" 같은 시인의 고백이, 삶이 어렵고 힘든 사람들에게 위로가 될 것이다.

삶은 곡자를 닮았다. "디지털 시대에 필름 카메라 고집하는 사람처럼/ 손이 매만지는 옷감에 길들고 싶은 사람 있을 거라고/ 줄자의 눈금처럼 촘촘히 되뇌며/ 자신의 이름을 보증 수표처럼 박고/ 실패에 감긴 실만큼 마음 꿰매"듯이 "자신을 닮은 곡자를 따라/ 부러지지 않는 선을 그리"(「곡자」)듯이 걸어가야 할 때이다. 직진만 할 수 있을 것 같지만 어느 순간 보면 풀숲에 떨어져 있기도 하고 계곡이나 어느 강가 앞에서 건너지 못하고 쩔쩔 맬 때가 많다. 그렇게 돌아가다 보면, 출발한 곳이 어디인지 알지 못한다. 굳이 알 필요를 느끼지 않는다. 세월이 흐를수록 낡아가는 게 포스터나 옷만은 아니니까. 신념도 가치도 혹은 감정마저도 잃어간다. 형평운동하다 가산을 탕진한 삼천석 지주 아들 강상호의 마음과 다르게 차별금지법 반대 플래카드를 걸어 놓은 교회 앞에서, 우리가 잃고 있는 것은 무엇인지 반문해 보아야 한다. 더 이상 잃지 않으려고 발버둥을 치지만 어쩌면 우리는 계속해서 잃어갈 것이다. 이럴 때 우리에게 필요한 것은 벽돌 굽는 마음 같은 게 아닐까.

스테인드글라스에 비치는 햇살이
길게 드리워진 성당 의자에 오래 앉아 있었다

의지할 수 있는 건 갈탄 난로 위 도시락인 것처럼
필사적으로 밥을 먹었고
벚나무 아래를 같이 걷던 친구들은 가끔
교실 창밖으로 종이비행기를 날렸다

막막함을 견디면서
세상과 사람에게 무엇을 바라지 않기로 했다
오래전 일이다

언덕에 올라
첨탑을 바라보며 은빛 종소리를 들었다

백 년 전 쫓겨 온 신도들이 구운 벽돌에는
믿음이 굳어 있다

스테인드글라스에 스미는 빛을 떼어먹으며

신은 믿지 못했지만
사람은 믿기로 했다

믿지 못하면 속기라도 해야겠다

너를 위한 벽돌을 구워야겠다

― 「풍수원 성당」 전문

"사람이 죽으면/ 별이 된다는 믿음이 우리를 살게 하"고 "멀어지지 않기 위해 애썼던 날들이/ 살게 했"다고 말하는 시인은, 조금 손해를 보더라도, 조금 느슨해지는 마음으로 뚝심 있게 살고자 희망한다. "신은 믿지 못했지만/ 사람은 믿기로 했다/ 믿지 못하면 속기라도 해야겠다"고 생각하면서 말이다. "사느라 바빠 인색했던 위로를/ 별 하나 둘 떼어다 수제비처럼 뚝뚝 밤바다에 놓고/ 사랑하는 사람들과 고단을 위로해 준 벗들의 얼굴을/ 밤의 창가에 붙이고 파도 소리 들으리라/ 파도 소리에 실려 온 암호를 해독하면서"(「뒤늦게」) 살고 싶은 마음이 이루어질 수 있으면 좋겠다. 새로운 문장을 쓰고, 그리워하고, 편지를 쓰고, 지는 해를 바라보면서, 시인의 마음이 뒤늦게라도 위로받았으면 좋겠다. 우리 또한 스스로를 위로했으면 좋겠다.

가도 가도 청보리밭은 없을지 모른다. 그렇지만 낡은 아파트, 고무나무가 있던 골목, 묘지와 성당, 허물어진 극장, 춘천, 진주, 변산 등지에서 바라본 풍경은 우리 곁에 계속 남아 있다. 그 풍경 속에는 늘 사람들이 걷고 뛰고 있다. 저 멀리에 있는 낙원을 계속해서 희망한다. 낙원은 언제나 숙제다. 엄마가 계신 저 곳이 낙원인지, 그리움을 안고 있는 이곳이 낙원인지 우리는 잘 모른다. 그렇지만 낙원이라는 말에, 혹은 천국이라는 말에 우리가 위로를 받는 것은 분명하다. 그것을 믿든 안 믿든 상관없이 말이다. 고통과 분노와 슬픔과 기쁨이 교차하는 이곳에서 시인은 스스로를 위로할 줄 아는 것 같다. 그 위로가 때로는 가족에게 때로는 이웃에게 때로는 모르는 사람들마저 위로해 줄 수 있다면, 그곳을 감히 낙원이라고 말해도 되지 않을까. 이 시집 속에 오랫동안 머물게 하는 이유이기도 하다.

"말이 전하는 음폭보다/ 눈동자나 뒷모습이 전하는 자장이 크니까// 가 본 적이 있는 곳이기도 하고/ 가야 할 곳이기도 한 곳// 그곳을 향해// 기다리는 자세/ 같이 비 맞는 자세/ 한 곳을 바라보는 자세"(「새의 언덕」)가 아니라면, 우리의 삶은 더 고통스러울 것이다. 그럼에도 불구하고 시인은 "희망도 아프다/ 이 제목 아직도 유효한가"라고 묻는다. 시집의 편 편들은 그렇다고 말하고 있다. 망망한 것들의 목록을 헤아려 보는 일이, 춥게 걷는 것이, 어쩌면 시인의 희망 목록에 들어 있는 일일지도 모르기 때문이다.

  니체는 삶이 단순한 생존을 넘어서는, 자기 극복과 창조의 과정이라고 말했다. 끊임없이 새로운 가치를 탐구하고, 자신의 운명을 마주하는 것이 중요하다고 했다. 그렇지만 그 모든 것에 앞서서 생존은 우리가 매일 마주치는 현실이다. 그것을 넘어서는 것은 다양한 생존의 모습을 마주해야만 가능할 테다. 이 시집은 삶을 정면으로 마주보게 한다. 그래서 어떻게 그것을 넘어설 수 있는지, 그 너머로 가는 것이 얼마나 힘들고 고독한 일인지 알게 해 준다. 그 너머에 무엇이 있든, 그 너머로 가든 가지 않든, 시인과 더불어 그 길을 갈 수 있다면, 조금 덜 외로울 것 같다. 앞으로도 계속해서 쓰일 시인의 시에 기대를 갖게 되는 이유이다. 어쩌면 이미 새로운 가치를 획득하고 있는지도 모른다. 고통과 막막함을 사랑과 연민으로 변환하는 시인의 시적 세계를 엿보는 것은 사람과 마주보는 일이고 삶과 마주하는 일이다.

  옛 기억에 머무르는 게 아니라 현재를 바라보는 시선으로 전환한 기억의 방식이 여러 시편에 녹아 있다. 과거로부터 받은 오랜 편지를 열어보면서 현재를 더 사랑하게 되는 따뜻함이 느껴지는 폴라로이드 편지 같은 시집이다. 동시대를 살아왔던 사람들이 느꼈음 직한 보편적인 정서가 공감을 얻으며, 잔잔하게 펼쳐진다. 이 글을 쓰는 내내 나도 모르게 위로받았음을 고백한다.